청매화 그림자에 밟히다

정숙 시집

문학세계사

□ 시인의 말

가볍다.
자꾸 가벼워진다.
언젠가 한 마리 새가 되어
날아가게 되는 건 아닐까?
퍼뜩 뭔가를 깨닫고 발견한다는 것은
산들바람처럼 나를 가벼워지게 한다.
어얼쑤!
모든 사물들이 살기 위해
매순간 몸부림치면서 춤을 춘다.
나의 처용무는 엄마의 춤이면서
애간장 태우는 기도다.

2015년 8월

정숙

□ 차 례

3

5

1

인생

의자 하나 끌고 가려다
의자에 끌려 다닌다

엉덩이 하나 제대로 걸칠 수 없는
이 작은 의자

평생 마음 편히 앉아 보지 못한 채
내가 끌려 가는 이 의자

벽난로

내 가슴 뜨겁다고 아무리 우겨도
네가 불붙여 주지 않으면
성냥개비 불꽃보다도 못한 내 사랑

꽁꽁 언 속살,
식은 재 폴폴 날리는 철길 연정 틈 사이

'나, 여기 있어'
초승달 눈빛 공명마냥 기다릴 수밖에

연서戀書

네가 허기진 먹물이라면
나는 목 타는 한지

우리 서로 만나 하나로 어우러져
샘물 솟아 내야만
붓꽃 몇 송이 피어나리니

하늘 열쇠 간직한
꽃과 열매를 틔우고 맺으리니

화경花經

무리 지어 손잡고
비슬산을 오르는 저 구도자들,
벗은 몸으로 겨우내 제 몸 채찍질하더니
무얼 깨달아 저리도 환히 세상을 밝히는지

꽃이라고 다 참꽃은 아니다
봄바람 남실남실
연분홍보라 화경花經을 읽는다
그 향기에 젖어
대견사 새 법당 풍경을 흔들어 깨운다

풍경 소리 새침하게 날아올라
하늘 운판을 깨져라 두드린다
정작 깨지는 건 바람 소리, 그 깃털들,
떨어진 그 깃털들이
진달래 꽃잎 위에 야단법석이다

수묵화 한 점

꾹 꾸욱, 거칠게 누르다가
살 사알, 간질이듯 힘을 뺀다
붓은 한지에 짙게,
때로는 옅게 먹물을 뱉어 낸다

삶기고 치대어진 닥나무의 한이
벼루에 갈린 먹물의 꿈을
걸신들린 듯이 빨아들인다
한과 꿈이 한 몸으로 어우러진 용틀임,
숨결이 뜨겁게 끓어오른다

서로의 아픔을 포용하는
붓과 한지의 포옹,
연기 한 점 없이 타오르는 불꽃으로
환해지는 세상,
마침내 햇살 듬뿍 머금고
피어오르는 백련 한 송이

간절한 꿈은 아픔을 함께 나눠야만
화엄 향기 품은 연꽃으로 거듭난다는 걸
한지와 붓은 묵언으로 보여 주는지,
저 담백하고 우아한 수묵화 한 점

청매화 그림자에 밟히다

청매화 다투어 피는 달밤
거울을 보며 머리카락 비비 꼬다가
젊은 날 그렸던 그림을
다시 물끄러미 들여다본다

고작 A4 용지 두 장 크기 한지에
이리도 많은 꿈을 그려 넣었었구나

흰 물감으로 연꽃과 연밥들을 지우다 보면
그때 그 욕심들이 양심에 걸린다
새와 나비들도 먹물로 지워 버린다

흉한 상처의 얼룩들만 남는 세월,
그 무게에 짓눌린 나의 한지는
달빛도 스러진 봄밤을 하얗게 지새운다

그래도 다 못 지워 슬픈 눈빛으로
입술 달싹거리는 나부상,

노랑나비와 청승맞은 달빛을
바라봐야만 하는 봄밤

봄, 설해목

무딘 몸이 뻣뻣해진다
마음 저 밑뿌리에서 끓어오르는
이 환장할 원죄

그리움 휘날리는 벚나무 아래서
승무를 추는 내 그림
하얀 고깔은 꽃과 향기 옥죄는
신들의 말씀

죄 없는 화선지 찢기도록
욕망의 그늘에 채색을 한다
연분홍색까지 덧칠한다

창을 흔들며 울부짖는 바람은
살빛 꽃잎들 흔들어 날려 보낸다
날리는 꽃잎들의 시린 맨발

내 그림에도 때 아닌 사월 눈발

이 아득한 눈의 무게
마음 가지 하나 툭, 부러진다

사월의 눈

새벽 눈발이 창문 귀를 내린다
겨우 눈뜬 산수유 꽃봉오리
정화조 언 지붕도 칼처럼 빛난다
어떤 창끝에도 굴복하지 않을 저 긴장

하지만 옅은 햇살에도 이내
질척질척 녹아내린다
세상의 모든 것들은
한 번 빛나 보기도 어렵다지만

하얀 건 죄다 이내
때죽나무 빛 되게 마련,
지상에서 빛나는 것은 하나같이
질척이다 이내 사라지는 허상일 뿐

햇살 사랑법

범어 숲의 새들에게
먹이 한 상 잘 차려 놓은 해,
종일 더 멀리 살피려 몸 기웃거리다가
피로로 벌겋게 젖고 만다
끝내 밤바다로 가라앉아 버린다

삐딱한 지구 자전축, 그 위에
나지막이 몸 기울여
낙엽 덮고 잠자는 겨울 씨앗들,
밟힌 풀꽃들의 상처에
온기 불어 넣어 주려는 저 넉넉한 길을
날마다 바라보면서도 홀린 듯
나는 꼿꼿이 먼 하늘만 바라보다가
하루를 마감한다

해는 어둠에 갇힌 너와 나를 위해
온 정성 다 기울이는데,
몸과 마음 깊이 기울이는 것이
진정 햇살 사랑법이라는데,

징을 치다

사층 베란다에 갇힌 봉선화,
몹시도 다급한가 보다
꽃 붉게 피운 뒤 여문 씨앗 터뜨리기 위해
내 상념의 어두운 숲 그늘까지 밟아 대고 있다
두꺼운 유리창을 넘어 들어온
봄여름 햇살 다 잘라 머금은 채

성질 마른 이에게 기다림은
낙타 없이 고비사막을 건너는 일,
속눈썹으로 바람 모래 삼키며
신기루 물빛에 멱 감으면서
고운 꽃물 길어 올리느라 연신 펌프질이다

그 간절함으로
살아온 날들을 뱉어 내기보다 달게 씹어야 한다
맛있게 자근자근 씹을 줄 아는 이만이
오아시스를 맞아들일 수 있다

어둠은 나를 깨우고
가시오갈피나무 사이로 끌고 다니면서
손등과 얼굴을 찔러 핏자국을 낸다
그 핏자국이 바람을 깨우면
시린 바람이 숨은 한 깨우고
그 한이 시를 쓰면서 징을 친다

여름비

가뭄의 소나기, 그 빗줄기 속엔
불이 들어 있는가

풀뿌리들이 젖은 흙덩이들과
애무하려 허겁지겁이다
나뭇잎들이 입술 내밀며 흐느적거린다

그래, 살다가 저렇게 너 나 없이 스며들어
절정에 몸 부르르 떠는 때가 있어야지
그래야 짧은 삶도 살맛이 나지

거목들과 돌탑 쌓느라 갈증에 시달리는
키 낮은 나무들, 서로 엉켜 꽃대 올려야
어두운 뜨락을 밝힐 수 있지
함께 푸른 하늘 바라볼 수도 있지

물에서 불 찾아 꽃 피우는 그 이치를
풀뿌리들은 이미 알고 있었는데

나무들도 깨닫고 있었는데

무궁화 꽃송이들만 스며들 줄 모른다
서로 똑똑한 척, 비가 물이지
불이냐고 싸움질이나 하면서

흰색 덧칠

물감을 칠하다 보면
한지가 흰색을 부른다
멋대로 그려 본 그림에 자꾸만
흰색으로 덧칠하게 된다
제대로 지워지지 않는 줄 알면서도
칠하고 또 덧칠을 한다

세상을 마구 살지는 않는데
때로는 붉은빛으로 저질러 놓은 것들이
금세 검은빛 되어 윽박지르기도 한다
앙금으로 가라앉히고
후회하며 흰색을 입힌다 한들
마음이야 쉬이 바뀔 수 있으랴

그래도 때늦은 염불에라도
덧칠을 해야만
제대로 숨이라도 쉴 수 있을 것 같아
오늘도 비색을 뿜어 내는

내 양심에 참회의 흰색으로
칠하고 또 덧칠을 한다

늦가을 파장

여름내 꽃피워 웃음 파느라 지친
늦가을의 연들

연지 저자에서 넘실대던 초록과 분홍,
다홍빛 전을 서둘러 거둬들인다

나는 아직 아무 준비도 못 했는데
손톱의 봉숭아 꽃물도 안 지워졌는데

청바지 순정

예순하고도 다섯해 지나 처음 입어 보는 청바지. 허벅지에 모무母舞 휘젓듯 그려 넣는 봄밤! 글자도 삐딱하게 두 개의 ㅂ자끼리 입술 마주치는 형상으로 의기양양하다. 쌍스럽다며 순정을 끝까지 고집 부려 볼 작정이었는데 왜 이제 이 나이에 자신이 생긴 걸까?

하필 그날 어느 행사에 어느 시조 시인이 청바지를 입고 무대에 오르기에 '시가 무엇이냐'고 질문했더니 '시는 청바지'라고 했다. 저 자신감! 시는 내게 자신감을 주었었지. 감히 '처용 아내'라며 세상 휘젓고 다녔었지.

처용 아내, 그녀는 바람쟁이가 아니라며
바람을 피웠다면 이유가 있을 거라고.
현모양처가 꿈이라며
시집이란 늪에서 하늘 높은 줄 모르고
땅만 내려다보다가 이게 웬 눈 튀어나올 사달인가?

하늘문 열쇠

노옹이시여,
벼랑 끝에 위태로이 오르시어
꽃 한 송이 꺾어 바치며 노래 부른다고
아녀자가 함부로 이 열쇠 드리겠나이까?
남들이 다 탐내는 나비라 해도 담장 너머 꽃잎에서
넌출넌출 파도타기만 즐기는 그대,
바지춤에서 흘러내리는 꽃가루, 꽃가루들,
그 독소에 눈멀까 두렵습니다

허나 빛바랜 머리칼로라도
한 여인이 봄날 따라 구름 위에 오르려는
끓는 가슴, 하 살갑고 눈물겨워
단단히 빗장 걸린 쪽문 열락 열쇠 드리오니
부디 꼿꼿이 세운 깃대로 길을 드시어
붉은 철쭉 흐드러지게 타는
불내음 한껏 흠향하시오소서

2

줄장미

열사흘 달밤, 입술 새빨갛게 바르고
오월 담장 넘어가는 저 처녀들을 어쩌나!

들키면 머리카락 싹둑 잘린 채
집안에 갇혀 버리고 말 텐데

계남동 그 언니, 문고리 잡고
가시 일으키며 울다가 벼락을 맞았다는데

저 피어나는 장미꽃 새빨간 송이들 따라
봄날은 속절없이 가고 있는데

오월, 핏방울

범어산 가는 길목의 낮은 철책 담장
바람이 장미꽃 빨간 피를 빨아 마시는지
핏방울 뚝, 뚝, 흘리고 있다

가시들의 틈을 비집고 나온 찔레들이
한숨 내쉬다 하얗게 질린 낯빛으로
먼 산을 바라보고 있다

눈 밝고 귀 밝은 저 시인들 곁에서
눈만 말똥말똥, 제자리를 찾지 못하는
내 눈길이 애잔하게 젖는다

찔레

담장의 장미 가시 겨우 비집고 나와 보니
핏빛은 핏빛끼리! 끼리끼리 !

장미들이 목 길게 빼고 구호를 외친다
손을 잡는다
해묵은 색깔론으로 바리게이트를 친다

찔레는 상처로 오월 향기를 빚는다
향기는 향기끼리
색깔 지우고 서로 스미며 어우러진다

다홍치마

어릴 적에는 명절날
다홍빛 치마 입는 게 소원이었다

'이왕이면 다홍치마',
그 자락에 순결한 처녀의 피가 묻어 있었다니!

혼으로 돌아온 고국의 산야에 숨어
꽃무릇으로 피눈물 피워 내는 걸까

꽃술 끝머리에 그리움 싣고, 차마 부끄러워
잎은 꽃을 보지 못하고 꽃은 잎을 보지 못하고

외간에 중독되다

저벅저벅 발소리, 시간의 방울 달고
내 뒤를 따라온다
범어구민운동장의 오월을 손아귀에 움켜쥐고 싶은
장미들의 짓인가, 얼른 뒤돌아본다
돌담에 기대선 찔레들이 제풀에 놀라
창백한 낯빛으로 손사래 친다

다시 발소리!
한가하게 운동하며 웃고 있어도 되는지
네가 웃으며 놀고 있는 사이
바구미들이 네 쌀자루 뚫거나
콩 자루를 터뜨리고 있지나 않은지
다그치며 빨리 뛰어가라 재촉한다

장미꽃잎들이 시든다
다급해진 발소리!
장미 가시는 더 억세게 발톱을 세운다
무작정 쫓기며 시의 바짓가랑이에,
처용무 그림 옷깃에 밤새 매달린다

간통

어느 시인이 시「간통姦通」을
낭독하다가 퍼뜩 깨우쳤을까
그래야지, 시인은 외간을 사랑해야지

눈 앞에 있는 사랑초 꽃송이 품에 들어
내연의 관계 뜨겁게 애걸해야지
둘 사이에 변종이 태어나 멱살을 잡더라도
그 변종을 잘 보살펴야지

내 시가 풋풋해질 수 있도록
통, 통, 서로의 비밀스러운 정을
글로써 간통簡通해야 하리

화간

낮엔 새침하더니 요상하다
달빛 끌어당기는 꽃잎의 눈빛,
오월 담장에 기대서서 바깥을 살피는
흔하디 흔한 장미꽃인데
어느 품이라도 마구 파고드는 색골
달의 끝없는 곁눈질에 그만 빨려드는지

따지고 보면 네 것 내 것
그 경계선이 어디 있으랴
달빛과 꽃의 은밀한 통정, 그 내연의
부적절한 관계를 엿본다
달빛은 도톰한 꽃입술을 만져 본다
몇 겹의 꽃잎 헤집으며
자신을 밀어 넣는다
꽃은 더 진한 향을 내뿜으며
붉어진 눈빛으로 온몸을 부르르 떤다

밤의 내통을 은근히 즐기는 변태의 관음증

달빛도 꽃도 나무도 다 나의 외간들이니
어쩌랴, 거부할 수 없는 이 색정,
강간이 아닌 원죄를 위한 자연이니
색정은 내 시의 길이자 천형인 것을

여근곡女根谷 젖다

삼국유사 연구반 유적답사 가는 길
늦은 봄비가 내린다
길가 벚나무 가지들이 축축 늘어져
그 아래 떨어진 살비듬들이 흥건히 젖어 있다
더욱 검게 선명해진 오봉산 여근곡이
온몸 비트는 절정 덕에
자연을 키워 갈 씨앗들 맺히는 소리 들린다
한 번도 숨넘어가도록 젖어 보지 못한 채
누군가 젖어들기를 기다리는
내 사유는 짧다, 얕다
갑자기 까르르 웃는 소리
한 시인이 차창에 미끄러지는 빗방울이
꼬리 길게 끌며 움직이는 정자란다
시인들의 거기도 젖고 있을까
명자꽃보다도 흐드러지게 핀다
들판의 복사꽃 망울들이 눈을 뜬다

온라인으로 부쳐 준다고

어느 시인이 손전화로 계좌 번호를 알려 달란다

날마다 끓어오르는 제 낡은 그림자를
온라인으로 부쳐 준다고,
멀리 있어도 늘 두리두리 삼삼 팔팔
가슴에는 두근거림이 발효되고 있다고,

정향 꽃향기 퍼지는 봄밤에는
그리움도 방부제 듬뿍 삼킨 샘물,
도무지 썩지도 마르지도 않으며
언제 어디서나 마구 달려든다고,

죽음 저편에서도
이 끝은 어디쯤일지 모른다는 그는
무선으로 은밀한 떨림 되어 파고든다

포르노

보글보글 짜글짜글, 온몸이 끓어오른다
저 남녀 혼음의 알몸뚱이들
해와 달이 몸부림치며 혼을 섞는 시간
여름 내내 해와 달빛 발효시킨 꿈들이
다시 멸치 국물과 마늘, 풋고추 매운 맛과
서로 색깔 섞느라 끓어오르며 신음한다
몸도 마음도 하나가 돼야
강물이 넘치거나 말거나 하겠지
오로지 한 점으로 집중돼야
혓바닥에서 잘근잘근 씹히고
몸뚱이 맛의 정점에 오를 수 있는 것을
된장 뚝배기, 체면 몰수하고 헐떡벌떡
자신의 연장을 거대하게 일으켜 세운다
부르르르! 푸, 푸우

연인

가슴 감옥에 갇혀 끓는 저 바다
돌돌 구르며 엉키어 어루만지다가
어느새 갈기 세운 파도,
섬세한 벽 서로 때리며 할퀴다가
마침내 물거품이 되면서도

마음도 말도 다 버린 띠집 아래
꺼지지 않는 불씨,
그리움의 씨앗 하나 재 안에 남겨 둔다

그림자를 위한 파르마콘

먹물처럼 속 깊은 저 그림자
다소곳이 따르는 그늘인 척
제 색깔 절대로 드러내지 않는다
안으로 몰래 주인 빛깔 다 빨아들이면서

　시시로 산란하는 시, 여름 한낮 연꽃이 누드로 일어서
는 낯 뜨거운 늦바람 그림들, 제 주인의 혼신을 모두 내
면으로 받아들이다가 어느 순간 세상을 향해 고자질도
한다

　인생을 제 피로 정제해 꽃소금덩이로 살리려면 청산
가리 같은 외로움에 떠는 가슴 달래 줄 시와 그림 찾아
흰 소의 눈물로 그려야 하리
　들꽃은 폐차 안에서 별들의 빛 굴리는 소리 들으며, 그
들의 고단함을 달래 주어야 하리

　달빛과 햇살 머금은 씨알들을 다 줘 버리고
끝내 그 껍질이 죽어 버리지만

마지막까지 동행하는 내 그림자
생의 흔적인 그림자의
빛그늘, 결코 꺼지지 않는
불꽃으로 살아남을 것이므로

풍등

바람 품어 안는 일이 자유라고
교과서도, 여러 말씀들도 다 버린다
마음껏 속 비운 바람을 머금는다
말이 그렇지 속 비우는 게 쉬운 일이던가
욕심을 열정이라고 미화하며
하늘 오르는 길만 바라보는 내 노구,
'다 비우니까 그리 속 편하더군요'
싸구려 웃음으로 설레발치며
몸은 무겁지만 마음은 둥둥 떠돈다
푸른 미소 뿌리며 하늘이 내려온다
욕망의 날개를 단 기도소리
점점 더 파닥거리고 있다

얼음을 연주하다

노랑나비 한 마리 칼날로 얼음 긁다가 종내 춤을 추면서 얼음을 연주한다 얼음벽이란 주먹다짐으로 무너뜨리기보다 김연아처럼 사뿐사뿐 그림 그리면서 종달새 울음소리로, 춘란의 향기로 미소 지으면서, 세상의 못 박힌 사람들 가슴을 녹여 버리는 수밖에 없다는 듯이,

3

신新 남해금산*

남해금산 돌 속 그 여자, 내가 잠들었다고 투정이네

해돋이 모르는 그대 미적지근한 가슴 속 차라리 살 떨리도록
캄캄한 바위였어라

금빛 물결 후려치던 짧은 한 생애 '나의 죽음을 적에게 알리지 말라' 던 사나이 중의 사나이, 그의 타오르는 눈빛 아니면

산이 무너져도 난 기꺼이 석녀가 되어, 그분의 포효
살아 춤추는 저 관음포 파도 끌어안는 꿈 미치도록 사랑하겠네

* 이성복의 시.

50

신新 수로부인뎐

— 벼랑 위의 꽃을 꺾어 달라는 아내의 수작
아뿔싸! 저 강릉 태수 눈 뜨고 당했구나
눈 깜박이는 젊은 상인이 소를 몰고 노옹처럼 변장

1

'나할 안디 붓하리샤단 곳할 것가 받자보리이다' *

그 절대 고수의 수작에 모두 신선이라며 탄복하며
조아린다
이브를 꼬여 내는 배암의 눈빛이
수로부인 가슴애 흑장미 꽃송이로 타오르는 것을

2

'고양이같이 고운 입술…… 스며라! 배암' **

'석유 먹은 듯…… 석유 먹은 듯…… 가쁜 숨결이야……'
그 사내, 남 몰래 아라비아 상선으로 데려가 그녀의
순네 같은 꽃을 하마 벌써 훔치고 팔아 버린 것을

3

'거북아 거북아 수로부인을 내어 놓아라
남의 부녀 약탈한 죄 얼마나 큰가' ***

안개 속 상선은 꿈의 궁전, 용궁 같았지
지아비 순정공은 짐작하면서도 모른 척
이미 엎질러진 물, 체면은 거북 앞에서 세울 수밖에
향내 뿌리며 무녀처럼 헛소리하는
그녀를 끌어안으며 한숨 죽이며

4
FADE OUT****

* 향가 「헌화가」 중에서 '나를 부끄러워하지 않는다면'.
** 미당의 「화사花蛇」 중에서.
*** 「해가海歌」 중에서.
**** 서서히 사라지다.

소금밭에서

해 뜨기도 전 늦잠 자다 불호령에 벌떡 일어나
아침 이슬 밟으며 삶과 죽음을 사유하거나
철 지난《사상계》읽다가 들꽃들과 얘기 나누거나

여름방학 동안 낮잠 자는 것조차 눈치 보여
헌 부채에 여배우 사진 오려 붙이거나
싱가 미싱 돌려 옷감을 박음질해야 급한 성이 차던

네 딸들의 간잽이, 정우화
부지런 짭짤 간이 잘 절여져야 세상 빛이 된다던
아버지, 생염전이다 너무 짜다 투정만 부렸으니

내 나이 늦가을 되니 이제 철이 드는가
그분의 그때 그런 소금 알갱이 말씀들이
햇살을 받아 반짝반짝 금빛을 쏜다

이제 내 염전도 잘 가꾸어
멋진 간잽이로 다시 태어나야 할 텐데
너무 늦은 깨달음 같아 마음 조급해진다

'육'에 간히다

뽕짝 박자 쿵짝, 쿵짝
어디서 총알이 몰리오나 콩죽이 넘치나나
소금 처묵은 미꾸라지들처럼 몸 비틀미
짝 지은 저 군상들 우째 그리 허겁지겁 헉, 헉
하나 둘 셋 넷에 건너가고
다섯 여섯 지나 하나 둘에 돌고
셋 넷 다섯 여섯 발 모으고 제자리 걷기
하이고 지랄한다 또 잊어 묵었제
내 팔짜야 와, 여섯까지만 시알리야 하노
몸은 자꾸 일곱 여덟로 돌아가는데 우야라꼬!
손 잡아 주는 싸나아 눈치 볼라네
'무조건 무조건이야'에 휘말려 들어갈라네
지루박 물찬제비 선상님 눈길 피해
말춤이나, 에라 모르겠다 헉, 헉
궁디이 막춤으로 또 숫자에서 벗어났다
남정네들이 여자들 지멋대로 통 속에 가두는 법
언제 맹글었노
시집살이는 춤을 잘 춰야 한다미

뻥빼이 돌리미 인내들 혼을 쏙 빼놓고

맨날 그카다가 귀한 한평생이

니 맛 내 맛도 없이 삼류 물거품으로 사라지고

봄바람과 깔깔춤

뻐덩뻐덩한 나무토막 내 몸을
카바레 물찬제비는 모란 꽃봉오리 쓰다듬는
봄바람처럼 손가락 눈짓으로
제 숨결 가까이 당겼다가 놓는다
가슴과 가슴 사이 불꽃을 태우다가
꺼질듯 길을 잃다가
하루살이 한 생을 잊어버리기 위해
지르박은 더 흐드러지게 피려 안간힘을 쓴다
실은 흐드러지면서 져야 하는 남은 시간
뽕짝 리듬 사타구니 사이로 숨긴다
그런다고 숨소리 들리지 않으랴만
못 들은 척 웃는다 까르르, 깔, 깔
바람 손길은 웃음 속 공허를 눈치 챘는지
내 몸을 휘익 연달아 두 바퀴 돌린다
그 공회전 속에 아흔여덟의 한 생이 겹친다
수면제 사 모으는 노모의 어둠 골짜기에 갇힌다
"딸아, 하루가 너무 길구나
민들레 차 한 모금 마시는 사이*

하루가

한 생이 간다고 아까워 마라"

* 필자 시집 『유배시편』에서.

한밤중 손님맞이

나이를 그저 먹는 건 아닌가 보다
해 다 저물 무렵 아마릴리스 꽃대궁이
불 꺼진 꽃 두 송이 받쳐 들고
중얼중얼, 서 있다

사는 동안 나도 누구를 받쳐 주거나
한 사람 가슴 뜨겁게 해준 적 있었는가
투덜투덜, 생의 뒤안길 더듬어 보니
시부모님에 대한 내 순정 서럽게 운다
그 울음 달래다 보니 병치레하다 먼저 떠난
그분들이 오히려 나를 받쳐 준다

"잡사와 두어리마는 선하면 아니 올셰라
셜온 님 보내옵노니 가시는 듯 도셔 오쇼셔"*

 외사랑이 그립다

* 고려 가요 중 부분.

58

시인의 날개

새벽 잔디밭에서 희색 깃털 하나 주웠다. 9센티미터 정도, 가늘고 길쭉하다. 누가 떨어뜨린 것일까? 혹 보름 달밤에 만나자던 그의 홀로 서성이다 떠나느라 남긴 섭섭한 그리움의 표시일까? 어쩌면 그의 겨드랑이에 꿈의 깃털이 나 있었는지도 모르지.

보들레르가 시인은 날개 길이 3.5미터나 되는 알바트로스 새라 하지 않았던가? 날개가 커서 하늘에선 왕자지만 지상으로 유배되면 거추장스런 날개 질질 끌고 다니느라 추해 보이는 존재라 했는데 혹 내 어깨에도 날갯죽지가 있었던가?

아무리 추해 보이더라도 그런 상상의 날개 자라나고 있어야 그럴듯한 명함 하나라도 만들 수 있을 텐데, 달무리진 초승달 낯빛에 눈웃음 살짝 그려 넣어 줄 수 있을 것인데, 삭막한 미루나무 가지에 달빛옷 한 벌 갈아 입혀 줄 수 있을 텐데

노숙 도서관

창 바깥 산수유나무 한겨울 살얼음 바람의 말씀에 귀
기울인다 자세를 고쳐 꼿꼿이 서도록 가지들의 졸음 깨
운다 퍼뜩 깨어난 어린 가지들은 그 귀한 말씀들 하늘
노트에 받아 적는다 언제 사라질지 모르므로 다급하다
그 글자들 삐뚤삐뚤, 그들만의 문화 그것이 하늘을 시시
로 변화시킨다

봄만 되면 어김없이 꽃피우는 힘의 뿌리는 어디 있을
까 그 바람의 학교와 도서관이 뒷골목에서 노숙하며 자
란 아이들에 사랑의 채찍질 한다 냄새 지독한 쓰레기 더
미가 주문을 왼다

분명 저 찬바람 속엔 마법이 들어 있는 거지
저 나무들과 그 흑인 소녀 카디자도
얼음을 칼끝으로 연주하는 김연아도
옛 마녀의 후예들인지 몰라
어금니 꽉 깨물고 죽음을 삼킨 불꽃들이
겨울 바람 속에서 신의 길 찾은 게지

오직 신만이 주문을 걸 수 있다고 믿는 그 능력, 알고
보면
사람, 나무, 심지어 미물까지 가지고 있는 자신의 의지
그 고집스런 지팡이 짚고 선 나목들 꿈의 페이지 뒤적
이느라
등허리 점점 굽는다

달, 늑대 깨우다

보름달 뜨면 그리움이 깨어난다
은근한 눈빛 그득 차오른 달은
늑대를 깨우고, 늑대는 징을 두드린다
어둠을 잠재우는 저 은근한 눈빛이
늑대의 야성을 왜 깨우는가
우, 우, 우 거친 숨소리가
내 몸 속 신전에 횃불을 밝힌다
그 불빛 따라오는 발소리
세포 안 숨은 파도들이 갈기를 세운다
이성의 손끝이 바람을 태워
잠든 마음 거울을 친다
유리 조각들이 흐트러진다
그 파장 따라 모무母舞를 그린다
고깔과 옷으로 몸을 숨겼던
여자가 벗는다 책갈피를 찢는다
점잖은 말씀으로 맞기만 하던 징,
징채가 닥치는 대로 두드린다
징소리는 소란스럽게 벚꽃을 피우다가

점점 연꽃 향으로 스러진다

절규들이 제가 만든 철창에 갇힌다

4

처용 아내 치맛자락이
— 방천 연가 1

아파트 발코니의 천리향과 행운목 꽃향기 보내고 나니 이제 또 학쟈스민이 다 닳아 버린 나의 봄을 미치게 흔들어 댄다.

건다다 못해 방천 시장 김광석 거리를 거닌다. 여전히 낡고 좁은 장터 골목길, 이 근처 삼덕동, 대봉동에 오래도 살았었다. 꼬꼬댁! 꼬! 꼬! 구원 청하던, 닭 잡던 그 탈 모통은 어디로 사라졌을까?

단발머리 중학생, 머리카락 쫑쫑 땋은 여고생, 긴 머리 출렁이던 대학 시절 첫 가든 파티, 라일락 향기 시절에서, 넓고도 낡은 적산가옥에서, 시집살이 십오 년 뒤 범어동 아파트로 이사했지만, 처용 아내의 햇살과 어둠의 비빔밥, 그 찬란한 눈물 비비다가 부서진 조각 사금파리들이 방천시장 좁은 길에 버려져 있다.

그 조각들 주워 맞춰 보니, 잘 다듬어진 맏며느리의 탑 하나 세워 보겠다던 그 오기, 몸뻬바지나 월남치마 길게 끌며 장바구니에 끌려가는 청춘, 자존심 세워 처용가 부르며 칠칠맞은 손 흔들어 대고 있다.

콩나물 시루
― 방천 연가 2

방천 시장 떡방앗간,
겨울날 담장에 기대서서 햇살바라기 하며
정을 소복소복 쟁이던 합죽 할머니
백 원어치 사면서 '쬐매만 더 주이소 할매'
단발머리 자취생 단골에 '오야, 마이 무라'
잇몸 웃음으로 콩나물 한 줌 더 얹어 주시던
합죽할머니, 그 콩나물 시루가
아직도 눈에 선하다

고추기름, 눈뜨다
― 방천 연가 3

예, 예, 죄송하이더!
사흘토록 펌프질한 물로
삼덕동 적산가옥 마당 씻으며
전업주부로만 전락하다가 동서 둘 보면서
아무리 애써도 빨간 고추기름처럼
세상에 둥둥 떠다닌다는 걸 눈뜨게 되었다
아파트에 사는 젊은 동서가 온 날
몸뻬 입고 시장에 고추 빻으러 갔다가
맞은편 소고기 국밥 한 그릇 후루룩 삼켰다
와 이리 늦었노?
능장부리며 돌아온 맏며느리에게 소금 씹듯
꾸중하는 시어머니 앞에서 입 꾸욱 다물었다
쉬잇! 첫 반항, 몇십 년 지난 특급 비밀인데
며느리는 끝내 한 식구가 될 수 없다는 걸,
고추기름은 언제든 거둬 내면 그만인 것을
그때는 까마득히 깨닫지 못했었다

탈모통
— 방천 연가 4

고추 방앗간, 참기름집 옆의 떡집
지나면 닭집이었다
철사로 얽어맨 우리 속에 갇힌 닭들이
게으르게 발톱만 기르고 있었다
내 손짓에 목숨 달린 그것들은
그런 내가 거만스럽다고 욕했겠지
탈모통 속 돌아가며 탈 뽑히면서
날개 푸득거리는 그 소리 미안했었는데
털 뽑히는 그 모습이
시집살이 입방아에 시달리는 한 여자와
닮았다고 생각하고 있었는데

푸른 다리 아래서
— 방천 연가 5

칠석날 눈물 머금고 멀리 흘러온 미리내, 흐르다가 애
달픈 연인들의 가슴 속 소용돌 풀지 못해 새내 웅덩이
에서 맴만 돌았네 땡그랑, 댕그랑, 물결 속 열사흘 달빛
기둥 위 작은 은종을 간절하게 치며 기도하면서

그 종소리 듣고 자란 피라미들 뒤엉킨 은하수 전설을
풀어 무지갯빛 천을 짜고, 그 그리움을 내 청춘의 검고
긴 머릿결에 둘러주던, 눈 시리도록 아린 그림자! 너는
뭇 세월 견디느라 날금해진 신천 푸른 다리 아래서 누굴
기다리는가

그 여름날 천둥 비바람 가려 주던 우리들의 젊은 시절,
그 우산은 멀리 저 멀리 날아가고 안 보이지만

신천 수달에게
— 방천 연가 6

1
이제 돌아온 거니
지문 닳아 없어지도록 바삐 살다가
너무 지치고 힘들어
고픈 웃음에 깊은 주름질 때
동신교 열사흘 달빛 아래서 만나자던
그 약속 지키려 돌아온 거니
어머니 젖가슴 같은 풀밭은 사라지고
차가운 콘크리트 바닥에 앉아
새내를 흐르는 달빛 속
우리들 젊은 날의
희미한 그림자를 찾고 있는 거니

그 시절 비바람 가려 주던 너와 나의 우산은 멀리 날아
가 버렸다 치더라도 그리움 남아 맴돌던 웅덩이마저 사
라졌으니

그러나 조용히 저 물결 소리에 귀 기울여 보려무나 부
드러운 흙더미에 기대 앉아 보름 달빛을 맞이하던 그 낭

만의 밤,

　서로 길들여진 몸 향기 푸릇하게, 멀리서 울려오는 징 소리처럼 은은하게 느껴지지 않니

　네 아슴아슴한 추억의 징채로 바람의 징을 두드리면 그 떨림의 파장 따라 달빛이 흔들리고 세월 따라 굳어진 응어리들 서로 만나 춤을 추리니

　세상 벽과 벽 사이의 차가움,
　두려움과 한숨으로 여문 옹이들
　흐물흐물 녹아내리도록 우리 앞뒤 따지지 말고
　힘껏 껴안아 보자꾸나
　오늘 밤 서로를 깊이 받아들이자꾸나
　나의 첫사랑이자
　마지막 그리움을 함께 앓고 있는
　너, 수달아!
　어디서 여태 기다리고 있는 거니

2
무작정 믿는 게 아니었어
그 말은 환상이었어
소중할수록 서로 부족할까 불안했었지
네 눈부처에서 돌아선 그 순간부터
지금 네 눈 속에 누가 들어앉아 있는지
나의 손길이 거칠지나 않았는지
그 의심의 미궁에 빠져 점점 멀어졌지

아무리 멀리 있어도 서로의 마음 벗어날 수 없어
때로는 그리워하고 환상을 할퀴고 물어뜯으면서
바다 속으로 기찻길 놓으면서
온라인으로 그리움을 부치면서
서로의 눈부처가 되기 위해 일단 만나야 하리
체온을 가까이 느껴야 한다는 결론을 얻었지

사랑이란 잠깐 돌아서도 의심의 눈덩이가
불어난다는 걸 너도 깨달아 돌아온 거냐

금호강 하구에서 애타게 부르는 네 애절
새내 다리 아래서 거친 손마디 만지작거리는
네 커다랗게 슬픈 눈망울
서로 쓰다듬으며 강바람을 끌어안아야
그 사이 정다운 공명이 생기지 않겠니
부드러운 들판, 풀잎들 새파랗게 돋지 않겠니

나의 첫사랑이자 마지막 그리움을 함께 앓는
너, 수달아!
어디서 여태 기다리고 있는 거니
열사흘 달 수줍게 떠오르고
달빛이 다리 밑 물결에 스며들고 있어
달빛 체온을 끌어안는 신천의 숨결
차륵, 차르륵, 거칠어지고 있어

3
쉿! '가만히 가만히 오세요 버드나무 아래로' 그 속삭
임도 이제 소용없어 하얀 솜털 휘날리던 버드나무들 모

두 흔적조차 없으니 사람들 우악스러운 목소리와 발자
국 소리만 와자하니 색깔 고운 사금파리 빻아 떡도 찌고
반찬도 만들어 상을 차리며 나는 엄마, 너는 아빠 소꿉
놀이하던 그곳을 찾을 수 없어 그 그늘이 없어 우리는
만나지 못 하는구나 반질반질 검은 자갈돌 사이로 알록
달록 채송화 꽃잎들 찧느라 물든 추억들 지금도 가슴에
선 새록새록 피어나고 있는데 너 어디 숨어 떨면서 나를
바라보고 있니 막상 몸 숨길 만한 바위도 하나 없는데

행복
― 방천 연가 7

온기 남아 있는 가슴 언저리
도톰한 입술 자국 부여잡고 있는
플로체의 모닝 커피 잔에

간밤의 쌉쌀달달한 외간향 음미하느라
초침 부여잡고 떠는
슬픈 사랑의 그림자

그 상처 즐기느라
내 안에 꼭꼭 숨은 장미 봉오리들을
곧 터질듯 새빨갛게 부풀린다

김광석
― 방천 연가 8

멋진 맏며느리 되겠다는 꿈은 어리석다
등짝 내리치며 시인의 길로 재촉해 준
시어머니와 그 가족들

시인 되라고 하지는 않았지만
소설가 되라던 아버지의 말
기억하게 해준 그 말과 내 눈물들

눈뜬 장님처럼 더듬거리며
사십대 중반에 든 늦깎이 시인의 길,
그 길 또한 낯선 사람들 만나야 하니
징검다리조차 없는 그 큰 물길

황톳물에 현모양처 떠나보내고
이 봄날, 살아 있는 게 대견해
미선, 경화, 승태와 광석을 안고
벚꽃 송이송이 화르르 피어오른다

시인보다 아름다운 시로
사랑과 가난, 서글픔을 노래한 별,
벽화 속 기타 줄에 내려앉으려다
바람은 발을 여전히 바둥거린다

바보 다듬이질
— 방천 연가 9

시아버지 회사 직원들의 포플린 이불보 빨아 풀 먹이고 다듬이질해 대느라 단순하면서도 친정 과수원 들장미 가시들을 불러 모으던 그때 그 시절

백서른 평 삼덕동 적산가옥 마당엔 마중물 먹은 펌프 소리와 키 큰 리기다소나무가 바람 소리 철퍼덕, 철퍼덕, 우! 우! 양동이에 물 받아 마당 청소하는 소란을 모아 합창했다

그 어울리지 않는 화음 한참 즐기던 참새들이 마당에 내려앉아 마르다가 남은 물에 깃털 다듬는 한낮, 혼자 남은 맏며느리는 절간 소리에 귀 기울이다가 바다를 꿈꾸기도 했다

밥 한 끼 먹기 어려웠던 시절, 셋째 넷째 딸까지 대학 공부시킨 아버지 어머니의 자존심에 어떻게 풀 먹여 다듬이질을 할까 그런 골머리 추호도 없이 빛깔 고운 산호초가 분명 이 허허 집안에 있을 거라고 막연한 생각만 하고 살았으니

시할머니 보살
— 방천 연가 10

충만에 못 이겨 벌어진 석류처럼 늘 이빨 내보이며 웃
어 주시던 자비 보살님, 대접받던 선생님 후광도 버리고
어두운 늪으로 웃으며 걸어 들어온 손부에게 등대처럼
불 환히 밝히며 인정으로 다독여 주시더니,

누워 힘줄 당기시던 어머님에게는
맏며느리가 또 하나의 우울한 그늘이었는지도 모른다.

사대 봉제사 장볼 때마다 충실한 짐꾼이긴 했지만, 살
갑지 못한 며느리 때문에 어머님은 되레 어른에게 따돌
리는 기분 아니었을까? 신천 아카시아 향기에 내 한숨
속 낮달을 실어 보내 드리고 싶어진다

수선하다
― 방천 연가 11

플로체 시화전 둘러보고 걷는 시장 골목길
김광석 거리 탓인지 옛집들이 사라진다
술집들 지나 재봉틀집 장미들이
꽃송이들로 낡은 담장 수선하고 있다
삼십년 전 첫사랑과 걷던 시절로,
신혼 여행 길로 되돌려주는
재봉틀 소리가 늦은 봄을 밀고 간다
내가 비친 유리창에 대고 혼잣말을 끼얹어 본다
"봄날도, 여름도, 가을까지 다 그냥 보내 버리고
찬 서리 겨울 늦바람에 몸부림치는
여자의 몸과 골진 마음을
다시 화사한 봄날로 수선해 줄 수는 없나요?"

연탄재를 차다
— 방천 연가 12

시장 연탄집이 어디였는지 살피다가
옛 삼덕동 집에 갇힌다
대책 없이 가정부 내보내고
하루 스무 장까지 연탄 갈아 넣던 아궁이

밀고 당기며 갈아 넣다가
뜨거운 연탄재가 흰 버선으로 들어가
팔짝팔짝 뛰기도 했었지
제 할 일 다한 빈 몸뚱이지만
연탄재를 고무신으로 차지 않을 수 없었다
내 할 일 다하려 아등바등
새댁을 비웃는 그가 가시였다
연탄에 불 붙여 주는 번개탄
연탄은 온몸에 구멍 난 불길 통로지만
시집 식구들 사이에서 위아래
불끼를 나누는 번개탄이 되는 것
그것이 나의 꿈이었기에

5

엄마 뱃사공

노를 젓는다
여린 숨줄 고르느라 지친 날개의
뼛조각들을 모은다

미세기, 밀물 썰물이 닻줄을 끊어 버린
상처투성이 마음속
아무리 저어 봤자 늘 제자리다

날은 저물어 닻을 내린다
그 절정은 가물가물 멀어진다

노를 놓쳐야 세상이 보인다지만
다 가진 이의 노래일 뿐
다시 노 저어라

물결 거스르는 연어처럼
온몸과 마음 피투성이 되더라도
어기여차, 어기여차!

닻줄은 왜 흔들리는가

밤마다 무지갯빛으로 몸을 바꾼다
파르르 떠는 불빛 아래 길 잃은
저 향피리, 육 박자 리듬에 갇힌다
하얀 공허를 돌려줄 바람을 찾고 있는가
몸 빛깔 더 고와 보이도록
식육점 붉은 조명을 찾아간다

거미줄 위에서 스텝을 밟는다
부드러운 봄바람 손길이라면
오래된 닻줄이라도 끊어 버리겠다고
밤새 쓴 단편 소설 한 부분을 꼭 쥔 채
빈 배를 기다리는 여자
저 따스한 갯바람이 언제쯤
살을 에는 바람으로 돌변할는지

비무장지대

    그와 내 방 사이 거실엔 온갖 잡초들이 꽃을 피운다. 근 사십 년 결혼 생활에도 미처 가꾸지 못한 것들 일일이 찾아 대차게 서로 가슴에 못을 박는다. 다시 뽑으려 용쓰다가 쓰다듬다가, 그 한풀이들이 꽃을 피우지만, 아무도 봐 주는 이 없어 홀로 지친다. 경계선 제멋대로 지우고 날아다니는 콩새들의 자유로운 하늘, 멀거니 바라보면서

계정 숲

이팝나무 위의 오월이 파도를 일으킨다
물거품들이 밀려왔다 부서진다
술렁이는 저 물결 너머 미지의 땅 그리던
어린 시절 내 가슴이 아직도 콩닥거린다

한 장군 오누이의 피눈물이
고향에 뿌리 뻗으려 갖은 선을 그으시던
아버지의 젊은 맥박
반짝이는 연초록 잎새들과 올망졸망 꿈을 키운다
제비풀꽃들이 한데 어우러진다

짙푸른 개펄 내 물씬 풍기는 여름
가을엔 잘 익은 단풍 빛
제철 따라 다른 빛깔 파도를 일으키면서
손에 손을 잡고 끝없이 릴레이를 한다

자인장에서 상어 만나다

일연과 원효대사, 설총이 태어나기도 한
경산군 자인의 장은 돔베기가 지킨다
바닷바람도 먼데 웬 상어냐
고향 바다 떠나오면서 소금에 절어
씹을수록 쫄깃하고 간간한 갯벌 냄새

콤콤비릿한 시장 바닥 냄새
살면서 간 쓸개 다 태워 버린
내 모습, 자화상이라 설레발을 친다
시절 원망하느라 짜고 쓴맛만 남아
아직 씹히는 맛도 없지만
초등학교 시절 장돌뱅이 돌아다니다가
운 좋게 엄마를 만나서
얻은 유리 브로치에 비친 무지개

새파란 바다에 영롱한 햇살
밥그릇 수를 세며 나이 먹는 동안
그 햇살, 그 무지개 다 잃어버렸다

누가 빼앗아 갔느냐
굳은살 박히도록 손에 꼭 쥐지 못한
자신을 탓하지 않고 누가 나를
자인장 상어 눈알로 만들었느냐
맘 놓고 화풀이할 수 있는 내 고향

그래서 친정집 뒷마당 소나무가
엄마가 백수 다 되도록 그 자리 지키는가

지난 겨울

젊은 시절 궂은비 오던 날,
한 치 앞도 보이지 않는 밤에
차이코프스키의 〈비창〉을 좋아한다고
커피 한 잔으로 겉멋을 부렸었는데

살다 보니 해 저문다고 다 밤은 아니었다
대낮에 갑자기 찾아오는 어둠에는
대책이 없어 기도도 할 수 없었다
그냥 어둠 속에 숨어 있는
햇살 찾아 두리번거릴 일밖에 없었다

중환자 가족 대기실 햇살은 잘 잡히지 않았다
잡았다 싶으면 손가락 새로 빠져나가 버리고
젊은 시절 머릿속으로 피가 흘러내리고
피는 암세포 되어 어미 가슴을 찌르고

암병동에서 창경궁을 엿보다

휴게실에서 바라본 고궁은
마른 잔디 갈증을 적시느라
드문드문 눈을 깔아 놓고 있다
그 위로 어둠이 내려앉고
옛 궁인들 투기와 한숨을 꺼내 든다
겨울 바람에 말리려는지
소나무 가지마다 걸어 놓는다
백여 년 동안 말려도 여전한 피비린내
별로 죄 짓지 않고 살아도
한순간에 떠나야만 한다
왜, 그렇게 피를 뿌려야 했을까
몸부림쳐서 행복을 찾았을까
네 것, 내 것 선 긋느라
젊은 머릿속 하나 지키지 못해
그들을 탓할 자격마저 없다
어미는 벌 선 자세로 한생의 구원을
하느님, 부처님, 간절히
풀포기에도 기원한다

꽃구경

낙동강, 섬진강 따라 돌고 돌아
봄맞이 하고 집에 돌아오니
손녀 민서가 "예쁜 할머니!" 하며 와락 안긴다

물빛 유치원 복에다 함박웃음꽃,
이 꽃송이 두고 꽃을 찾아 해종일 쏘다니다니

어디 그뿐이랴, 우리 집 뜨락엔
장차 큰 그늘 될 동영, 민규, 곤태, 태하,
저 나무들이 넉넉하게 자라고 있는 것을

씹히다

매 꼭꼭 씹는다
어금니 맷돌 얼얼하도록
씹어 돌려야 검은 호수 물결 잠잠해진다
육십 평생 아무 생각 없이 씹었는데
한 철 잠깐 피어 사람 가슴 울렁이게 하는
범어산 벚꽃 피는 봄날
문득 내가 씹힌다
말없이 씹히기만 하던 한 생명의 반란인가
쌀 한 톨이 되기 위해 견뎌온
겨우 한 해인 제 생을 얘기하기 시작한다
그래, 내 생을 지키기 위해 얼마나 많은
목숨들을 씹어야 했던가
목이 메어 온다
죄인처럼 세상 바람과 오남매 밑밥으로 씹히다가
백 년 동안의 고독에서 이제야 풀려나신
어무이, 이봉화 여사
국화꽃잎과 함께 차가운 어일 땅에
묻어 드리고 나서야
비로소 철이 드는 것만 같다

번개탄, 이봉화던

한 세기 봉화 불 켜들고 남편과 자식들, 아래위 이웃에 꺼진 불붙이려 동분서주하던 번개탄, 이봉화 여사

벗나무 환히 불 밝혀 놓고 당신의 생애 불 끄느라 숨결 깊이 몰아쉬더니

땅 속에서 하늘로 길 닦아 세상 어둠에 불붙이려면 봉화, 다시 필요하다며 두 손에 불의 씨앗 될 묵주를 꼭 움켜쥐고 떠나가신다

하관

흙 이불 꼭꼭 덮어 누릅니다
백한 살 삶의 비애 쉬 벗어나도록
외아들이 이미 팔순 노인
순서 거스를까 두려움의 무게 내려놓으시도록

딸들아, 삶은 아무것도 아니더라
너거들 덕분에 재미있게 잘 살다가 간다
엄마도, 여자도 흙덩이 속에 묻어 두고
떠날란다, 날 애타게 부르지도 말아라

하얀 국화꽃 이파리 뿌리오니
엄마, 이 꽃 이파리로 날개 엮어 날아오르세요
일제 강점기, 한국전쟁, 그 참혹한 일도 다 엮어
봉화 꽃밭 잘 가꾸셨잖아요
그 아픔들 오목천에서 금호강으로
잘 흘려 보내셨지요

하늘 문 열리며

벚꽃잎들 화르르 날아오르는 날
이십칠 년 동안 기다린 남편, 우화 씨 만나 손잡고
색동 옷자락 휘날리며 처용무 맘껏 추세요!
어얼쑤! 덩, 덩, 덩기덕

나부상*의 눈빛
― 전등사 1

고통이란 금세 길들여지는 것
쪼그리고 앉아 절 추녀 받들며 끙끙대는 것도
잠시, 필요할 땐 언제라도 사랑이란 도구를
쓰는 세상의 남정네들 비웃는 벌거벗은 여인
돈 몇 푼에 마음까지 바칠 줄 믿었던 도목수의
어리석음 바람에 흘려보내고 밤이면 부처님
신심의 높이 눈 맞추려 꿇어앉는다
발등에 입맞춤한다
나무 속에 갇힌 주모는 몸과 마음
아낌없이 천 년 불공을 드리는지 그러나
눈빛만은 날마다 싱싱하게 되살아난다
삼존불은 발아래 놓인 불전들 그녀에게 모두
되돌려주지만 그녀는 이미 그녀가 아니다
깊은 바다 무늬진 푸른 몸 장삼자락이 감추며
무명 삼매의 눈뜬다
석가모니불은 흙탕물 몇 번 가라앉혀야
지장수 된다는 걸 손가락 하나 들어 말없이 보이신다
몸으로는 간대로**

꽃뱀 비늘의 독기 녹일 수 없다는 듯

* 강화도 전등사 나부상. 자신의 돈을 가지고 달아난 주모를 도편수
가 나부로 조각해 절 추녀 밑에 올려놓았다고 함.
** 함부로.

인연의 감옥
— 전등사 2

서까래 밑 주모의 나상에서 살 비린내 밤낮 흐느끼며
법당 안으로 흘러들어 부처님 전에 하소연하다가 돌덩이
에서 깨어 제발 눈을 뜨시라고 얼어붙은 온몸을 입김으
로 뜨겁게 불어 보다가 제 사특한 불심으로는 어쩔 수 없
어 다시 추녀 밑으로 들어가 시지포스의 받침대가 된다

천 년을 추녀 밑 배회하며 한 마리 늑대가 된 그 사내,
도목수 산발한 채 바람 되어 흐느끼는 소리에 부처님들
지즈로* 바위 깨트리고 나와 온몸 돌고 있는 푸른 피톨
내보이신다 그들의 비린 인연 삭히려고 수평선 트여 오
는 햇살 한 줌 잡으시고 두 가슴 위 말갛게 얹어 미소 지
으시며

*드디어.

화사등선花蛇登仙
— 전등사 3

사랑이란 스쳐 가는 바람결 같은 것

  천 년 시간을 전등사의 서까래 들어 올리도록 발가벗
겨 쪼그리고 앉혀진 몸
  눈바람이 몰려와 칼끝으로 빗금 그어 놓거나 꽃바람
이 애무하다가 찰싹 뺨을 때리기도 한다

  햇발은 그 분홍빛 살결 얼렸다가 녹였다가 마음대로
주무르다가 어둠 속에 가둬 버린다 법당의 염불 소리는
저승처럼 아스라이 들리고 생밤을 깨물며 돌아다니는
도깨비들과 어울리면서 제 몸에 박힌 가시들을 뽑는다

  이 갈며, 알록달록 고운 무늬로 문신을 그려 시시로 풍
화되는 몸을 길들인다 드디어 몇천 번의 허물벗기로 거
듭난다 나부상의 나무 껍질에 갇힌 속 살결 되살아나고
이젠 주모의 솜털 하나하나 눈을 뜬다

  추녀 밑 꽃뱀의 전생 모든 인과 벗어 두고

지글거리는 지옥의 혀 끊어 버리고
한 마리 저승새로 날아오르려 한다

비가悲歌
— 전등사 4

거문고 가락 눈발에 툭, 끊어진다
그 끈적끈적한 인연의 줄 어쩌지 못해
전등사 처마 밑을 떠나지 못하는
저 사내, 도편수

제 사랑의 깊이 재어 보지 못하고 세상의 여자들을 벌
레 먹은 장미라며 꽃봉오리까지 마구 짓밟더니

남몰래 새 한 마리로 거듭 태어나고 있는 주모보다 자
신이 먼저 사랑이란 주는 것이란 걸 깨닫기엔 너무 끈질
긴 상처의 깊이와 집착, 달콤한 죽음의 길 찾지 못해 천
년 시간은 흐른다

밤마다 꽃잎 질근질근 씹으며 자신이 깎아 만든 나부
상의 연옥에 갇혀 너덜너덜 헤진 제 옷자락 쥐어뜯는다
언젠가 세상 한판 뒤집어 볼 바람, 미친 바람을 주문으
로 외면서

정취암 단하정사 丹霞精捨에서

의상 대사가 흠모하던 정취 보살
관세음보살의 또 다른 모습으로
대중들 아픔을 다스린다고 조곤조곤 말씀하신다
그 수완 스님의 완만한 콧날 능선에 내 눈동자가 앉아
공민왕 시대 역사 현장을 더듬는다
신돈에서 여우의 둔갑술을 익힌
그의 제자들이 세상 지키느라
온갖 모습의 사기꾼들이 판을 치는가
지금 피어싱으로 진화되어 전화 한 통화로
땀 냄새나는 돈을 홀랑홀랑 먹어 치운다
이 혼란한 시대 예견해서
산신님 호랑이가 저리 해학적으로 웃고 있는가
붉은 노을이 저문 이내로 내려앉는 가을
희미하던 낮달 얼굴빛이 점점 생기를 얻는다
해는 달에게 빛을 넘겨 주고
세상 만물을 다트처럼 둥글둥글 돌린다
오늘의 빛은 그림자 되고, 전설 되어
내일의 빛을 살려 조명하는데

내 생의 그림은 무엇을 지우고 살릴 것인가
정취사 아래 펼쳐진 꼬부랑 고갯길이
파도를 업고 벌떡 일어섰다가 다시 잠든다

풋울음 잡다

딸아, 아무리 몸부림쳐도 꽃이 피지 않는다
봄날이 오지 않는다 투덜투덜
꽹과리 장구 깨지는 소리 따라다니지 말아라
한 생이 자벌레 키 자가웃도 못되는데
그렇게 헤프게 울거나 웃어 보내면 쓰겠느냐

놋쇠는 그런 풋울음 잡기 위해
불 속에서 수없이 담금질당하고
수천 번 두드려 맞는단다
주변의 쇠와 가죽 소리를 감싸 끌어안고
재 넘어 홀로 핀 가시연의 그리움 달래 주는
징이 되기 위해서

그런 재울음은 삶의 고비 몇 고비 넘기면서 한을 삭히
고 달래어 흐르는 물살처럼 부드러운 징채로 두드려야,
목으로 내지르는 쇳소리 아닌 이승과 저승의 경계 허무
는 울림 징하게 터져 나오느니

비로소 햇살이 그 소리 비집고 들어 네 둥근 항아리 속
그늘진 도화꽃 몽우리를 햇살로 피워 올릴 수 있는, 시
의 참다운 징수로 다시 태어날 수 있으리

에로티시즘의 안과 바깥

— 정숙 시집, 『청매화 그림자에 밟히다』

에로티시즘의 안과 바깥
— 정숙 시집, 『청매화 그림자에 밟히다』

이태수(시인)

1

정숙은 삶을 뜨겁게 달구고 싶은 열망과 여성적인 기다림의 미학을 뿌리와 줄기로 자신의 생명력에 끊임없이 불을 지피는 데 무게중심을 두는 시인이다. 주로 대상(사물)을 여성으로 의인화해서 도발적일 정도로 에로틱하게, 때로는 엉큼하고 능청스럽게 떠올리면서 거기에 자신의 심상 풍경을 겹쳐 보여 준다. 극단적으로는 모든 경계를 허물어 버린 듯한 원초적인 에로티시즘이 구사되고, 여성으로서의 정한을 전면에 내세우면서 풍자와 해학, 경상도 사투리가 지니는 질박한 정서, 걸쭉한 입담을 곁들여 시 읽기의 즐거움을 색다르게 안겨 주기도 한다.

그러나 거침없는 듯한 이 외양의 이면에는 그 반대의 정서가 자리매김하고 있는 점도 지나쳐서는 안 된다. 바로 이런 점이 시인 특유의 개성을 강화해 준다고도 할 수 있다. 자유분방하고 활달한 듯한 겉모습의 안쪽에는 여성으로서의 삶에 대한 짙은 페이소스가 저며 있으며, 언제나 다시 제자리로 되돌아오는 전통적인 여성상이 각인돼 있게 마련이기 때문이다. 또한 일련의 시편들은 시듦이나 져버림에 처연한 마음을 끼었고 대상을 더욱 너그럽게 끌어안지만, 궁극적으로는 시와 삶의 새 지평을 향해 거듭나려는 꿈에 뜨겁게 불을 지펴 보듬는 것으로 읽게 한다.

2

시인은 "의자 하나 끌고 가려다/ 의자에 끌려 다닌다"(「인생」)고 고백한다. 이 같은 자조적 자기 성찰은 자신의 의지대로 살아가려고 몸부림쳐도 끝내 그 한계를 넘어서기 어려우며, 타의나 운명에 끌려갈 수밖에 없는 실존의 덧없음을 토로하는 대목에 다름 아닐 것이다. 그 '의자'는 더구나 "엉덩이 하나 제대로 걸칠 수 없"고, "평생 마음 편히 앉아 보지 못한"(같은 시) 작은 의자이며, 그나마도 "내가 끌려가는"(같은 시) 숙명의 의자로 그려져 있다. "인간은 슬프려고 태어났다."고 말한 사람도 있었듯이, 우리의 삶은 보는 관점에 따라 구차스럽기 그지없고, 비애에서 비켜서기도 어렵게 마련이다.

하지만 시인은 이 세상의 삶을 어둡고 무겁게 바라보지만은 않는다. 그 이면에는 삶을 뜨겁게 달구고 싶어 하는 여성적인 기다림의 미학이 완강하게 자리매김하고 있으며, 그런 생명력에 불 지피려는 꿈을 부단히 꾸고 있기 때

문이다. 상형문자인 사람 '인人'자가 말하듯, 사람은 숙명
적으로 홀로는 온전하게 설 수 없으며, 그 의미도 무겁고
어두울 수밖에 없다. 그러나 '너'(타인)와 함께할 때 그 뉘
앙스는 달라질 수 있다. 더욱이 이성 사이에는 둘이 하나
가 될 때 생명력에 절정의 불꽃이 타오르고, 또 다른 새 생
명을 잉태할 수도 있게 된다.

어쩌면 시인은 생명력에 뜨겁게 불 지필 대상의 결핍을
아쉬워하면서 그런 시절을 꿈꾸듯이 그리워하고 있으며,
그 기다림은 여전히 식지 않는 현재 진행형이라는 느낌이
든다. '사랑'이라는 인생의 대명제와 '기다림'이라는 삶의
덕목을 끌어안고 있는 시 「벽난로」를 그 한 예로 들 수 있
다. 언뜻 보기에는 도발적인 에로티시즘 시로 느껴지지
만, 그렇게 보더라도 삶의 절정에는 자신이 기다리는 '너'
가 불붙어 줄 때 이르게 되고, 그렇게 되기를 간절히 바라
는 심경으로 수놓아져 있어 애틋하고 절실한 울림으로 다
가온다.

내 가슴 뜨겁다고 아무리 우겨도
네가 불붙어 주지 않으면
성냥개비 불꽃보다도 못한 내 사랑

꽁꽁 언 속살,
식은 재 폴폴 날리는 철길 연정 틈 사이

"나, 여기 있어"

초승달 눈빛 공명 마냥 기다릴 수밖에

　　　　　　　　　　　—「벽난로」전문

　수동적일 수밖에 없는 여성 화자는 '벽난로'에 비유된 '자신의 삶'(인생)은 여전히 뜨겁지만 '너'가 없으면 그 의미가 무색해질 수밖에 없어 하염없이 기다리기만 한다, 제 홀로 안으로 아무리 뜨겁다고 하더라도(우겨도) 하나로 어우러질 수 있는 '너'(기다림의 대상)가 제 기능을 할 수 있도록 불붙여 주지 않으면 자신의 생명력은 성냥개비의 불꽃보다 못할 정도로 미미하고, "꽁꽁 언 속살"로 "식은 재 폴폴 날리는" 벽난로에 불과할 뿐이라는 것이다.

　게다가 '나'와 '너'가 두 줄의 레일처럼 평행으로 달리는 관계라 할지라도 그 애틋한 "연정의 틈 사이"에서 "초승달 눈빛 공명 마냥" 기다리겠다고 말하고 있어 그 소망이 얼마나 간절한지도 짐작케 한다. 어쩌면 화자(시인)는 '너'와의 뜨거운 만남을 목말라 하는 정황에서 자유롭지 못한 처지에 놓여 고통스러워하고 있는지도 모른다.

　「벽난로」가 좁은 의미로 절정을 꿈꾸는 여성적 기다림의 사랑 노래라면,「연서戀書」는 보다 적극적인 빛깔을 띤 사랑 노래라 할 수 있다.「연서」는 일방적인 기다림이 아니라 상호의 갈망을 전제로 하나가 되기를 갈망하듯 노래하고 있기 때문이다.

네가 허기진 먹물이라면

나는 목타는 한지

우리 서로 만나 하나로 어우러져

샘물 솟아 내야만

붓꽃 몇 송이 피어나리니

하늘 열쇠 간직한

꽃과 열매를 틔우고 맺으리니

—「연서戀書」 전문

　'너'로 지칭되는 남성은 '먹물'에, '나'라는 여성 화자는 '한지'에 비유돼 있는 이 시는 한지(화선지)에 먹물의 농담으로 "붓꽃 몇 송이"(수묵화)가 빚어지듯 '너'와 '나'가 "만나 하나로 어우러져/ 샘물 솟아 내야만" 그 결정체인 "꽃과 열매를 틔우고 맺"을 수 있다는 메시지를 거느리고 있다.

　특히 '허기진', '목 타는'이라는 수식어가 이르듯이, 그런 상호의 갈망이 어우러져 절정에 다다를 때 "하늘 열쇠를 간직한" 데까지 나아가 그 열쇠로 하늘에 닿을 수 있게 된다는 메시지를 내비친다. 이렇게 볼 때,「벽난로」에서의 '너'와 '나'가 평행의 철로에 비유된 것과는 달리「연서」에는 서로가 허기지고 목 타는 관계로 바뀌고, "하나로 어우러져/ 샘물 솟아 내"기를 여성인 화자(나)가 열망하는 적극성으로 발전돼 있다고 볼 수 있다.

나아가 시인은 「벽난로」에 불이 지펴지고, 「연서」에서의 소망이 성취돼 먹물을 머금은 '붓'(너)과 닥나무가 삶기도 치대어진 '한'(정신적인 주체로서의 나)으로 빚어진 '한지'(육체적인 주체로서의 나)가 어우러지는 절정의 순간을 구가하는 풍경을 연출해 보인다.

꾹 꾸욱, 거칠게 누르다가
살 사알, 간질이듯 힘을 뺀다
붓은 한지에 짙게,
때로는 옅게 먹물을 뱉어 낸다

삶기고 치대어진 닥나무의 한이
벼루에 갈린 먹물의 꿈을
걸신들린 듯이 빨아들인다
한과 꿈이 한 몸으로 어우러진 용틀임,
숨결이 뜨겁게 끓어오른다

서로의 아픔을 포용하는
붓과 한지의 포옹,
연기 한 점 없이 타오르는 불꽃으로
환해지는 세상,

마침내 햇살 듬뿍 머금고
피어오르는 백련 한 송이

간절한 꿈은 아픔을 함께 나눠야만
화엄 향기 품은 연꽃으로 거듭난다는 걸
한지와 붓은 묵언으로 보여 주는지,
저 담백하고 우아한 수묵화 한 점
　　　　　　　　　　　　　　　―「수묵화 한 점」 전문

　담백하고 우아한 백련 한 송이가 그려진 수묵화 한 점
이 완성되는 과정을 노래한 이 시는 도입부부터 화선지에
먹물의 농담으로 수묵화가 완성되는 과정을 묘사하고 있
지만, 섹스 행위를 연상케 한다면 지나친 비약일까. ‘붓’은
남성의 심벌로, ‘한지’는 여성의 심벌로, ‘먹물’은 남성의
정액으로 읽어 보면 그 재미가 증폭되며, 원초적인 생명
력이 풋풋하게 느껴지게도 한다.
　또한 두 번째 연에서 묘사되고 있는 바와 같이, 닥나무
껍질이 화선지가 될 때까지의 과정을 ‘한’으로, 숯가루 덩
이가 벼루에서 물과 함께 갈리어 만들어진 먹물이 그림으
로 형상화되는 것을 ‘먹물의 꿈’으로 그리면서 ‘한’이 걸신
들린 듯이 그 ‘꿈’을 빨아들이는가 하면, 그 절정의 순간을
“한과 꿈이 한 몸으로 어우러진 용틀임/ 숨결이 뜨겁게 끓
어오른다”고 묘사하고 있어 그림이 형상화되는 과정에

격정적인 생동감을 부여해 놓는다.

또 한 가지 지나칠 수 없는 대목은 "연기 한 점 없이 타오르는 불꽃으로/ 환해지는 세상"과 "햇살 듬뿍 머금고/ 피어오르는 백련 한 송이(화엄 향기 품은 연꽃)"는 '붓'과 '한지'가 서로의 아픔을 넉넉하게 받아들여 끌어안을 때 비로소 거듭날 수 있다는 묵언의 일깨움이다. 시인이 열망하고 기리는 삶은 바로 이 같은 절정의 순간이 아닐는지……

3

시인은 그림(수묵화)을 통해 그 형성 과정을 들여다보는 한편, 그림(수묵 담채화)을 그리는 행위와 함께 자신의 삶을 되짚어 성찰하기도 한다. 그림을 그리는 행위가 곧 자신의 삶 그 자체이고, 지난날도 그랬듯이 지금도 여전히 자신이 그림을 그리고 있으며, 삶은 궁극적으로 기대하는 바의 한 점 '우아한 그림'을 완성하는 데 주어지기 때문이라는 인식의 결과이기도 할 것이다.

청매화 다투어 피는 달밤
거울을 보며 머리카락 비비 꼬다가
젊은 날 그렸던 그림을
다시 물끄러미 들여다본다

고작 A4 용지 두 장 크기 한지에

이리도 많은 꿈을 그려 넣었었구나
흰 물감으로 연꽃과 연밥들을 지우다 보면
그때 그 욕심들이 양심에 걸린다
새와 나비들도 먹물로 지워 버린다
　　　　　　 —「청매화 그림자에 밟히다」 부분

　이 시는 청매화가 일제히 피어나는 봄날 달밤에 무료하
게 자신을 들여다보면서 꿈 많던 젊은 시절을 회상하는
것으로 시작된다. 하지만 젊은 날 그린 그림(삶의 모습)은
그리 크지도 않은 한지(자신)에 지나치게 많은 꿈(욕심)을
그려 넣었다는 자책을 하게 되고, 이를 지우려 해봐도 "흉
한 상처의 얼룩들만" 그대로 남아 있을 뿐 아니라 "그 무
게에 짓눌"릴 따름이라는 자성에 이른다.
　더구나 그런 봄밤을 지새 보아도 지난날의 얼룩들과 "슬
픈 눈빛으로/ 입술 달싹거리는 나부상(자신의 적나라한 모
습?)"이 부각돼 그림 속의 노랑나비와 "청승맞은 달빛"을
바라볼 수밖에 없는 봄밤을 한탄해마지 않게 될 따름이
다. 그런 봄날에는 만물이 생동하듯 "마음 저 밑뿌리에서
끓어오르는/ 이 환장할 원죄"(「봄, 설해목」)까지 살아나고,
"죄 없는 화선지 찢기도록/ 욕망의 그늘에 채색을"(같은
시) 하며, 연분홍색까지 덧칠하는 자신과 마주치기도 하기
때문에 더욱 그럴는지도 모른다.
　그뿐 아니다. 자신의 그림에 때 아니게 내린 사월 눈발

의 무게로 "마음 가지 하나 툭, 부러"(같은 시)지는가 하면, 역시 사월에 내리는 눈은 또한 "옅은 햇살에도 이내/ 질척 질척 녹아 내"려 "하얀 건 죄다 이내/ 때죽나무 빛"이 되고 말아 "지상에서 빛나는 것은 하나같이/ 질척이다 이내 사라지는 허상일 뿐"(「사월의 눈」)이라는 무상과 허무와 마주쳐야만 한다.

　그러나 시인은 시를 쓰면서 자기 구원의 길을 찾아 나서게 된다. 「징을 치다」에서 보이듯, "살아온 날들을 뱉어내기보다 달게" 씹으려 하며, "맛있게 자근자근 씹을 줄 아는 이만이/ 오아시스를 맞아들일 수 있다"는 깨달음이 그 동력으로 보인다. 그런가 하면, 급기야는 어둠이 되레 자신을 깨우고 그 깨우침으로 시련을 겪게도 되지만, 그 시련의 상처가 바람을 깨우고 바람이 숨은 한을 깨워 그 한이 시를 쓰면서 징을 치게 한다는 비약까지 불사한다.

　　어둠은 나를 깨우고
　　가시오갈피나무 사이로 끌고 다니면서
　　손등과 얼굴을 찔러 핏자국을 낸다
　　그 핏자국이 바람을 깨우면
　　시린 바람이 숨은 한 깨우고
　　그 한이 시를 쓰면서 징을 친다
　　　　　　　　　　　　　─「징을 치다」 부분

마침내 큰 울림을 빚어 내는 징을 치게 되는 이 같은 깨달음의 동력은 시 「화경花經」에서도 묘사되는 바와 같이, 진달래꽃이 피는 광경을 "무리지어 손잡고/ 비슬산을 오르는 저 구도자들/ 벗은 몸으로 겨우내 제 몸 채찍질하더니/ 무얼 깨달아 저리도 환히 세상을 밝히는지"라는 자연에의 경이와도 마주치게 한다. 이 신성한 경이는 풍경 소리에 깨진 바람 소리가 "진달래 꽃잎 위에 야단법석"이라는 통찰의 눈을 뜨게 하기도 한다. 이 같은 통찰의 눈은,

범어 숲의 새들에게
먹이 한 상 잘 차려 놓은 해,
종일 더 멀리 살피려 몸 기웃거리다가
피로로 벌겋게 젖고 만다
끝내 밤바다로 가라앉아 버린다

〈중략〉

해는 어둠에 갇힌 너와 나를 위해
온 정성 다 기울이는데,
몸과 마음 깊이 기울이는 것이
진정 햇살 사랑법이라는데,

  　　　　　　　　　　　　　　　　　　 —「햇살 사랑법」부분

라는 '햇살 깊이 들여다보기'로 나아가는 수순을 보여 준

다. 이 시는 "범어 숲의 새들"이라고 예시하고 있지만, 기실은 생명을 지닌 모든 것들과 어둠에 갇힌 사람들에게 온 정성을 다 기울여 활력을 불어 넣는 해(태양)가 그렇게 헌신만 하다가 스스로는 어둠 속에 묻히는 '사랑법'을 부각시키고 있어 시인의 마음자리가 어디에 놓여 있는지도 짐작해 보게 한다.

　4
　시인이 내면을 성찰할 때와 달리 시선이 외부로 향해질 때는 빨간색이나 분홍색 등 밝은 색깔과 발랄한 생명력에 자주 눈길이 주어진다. 장미 시편들이 그렇고, 시「다홍치마」 등이 그렇다. 이들 시편들은 대상(사물)을 여성으로 의인화해서 도발적일 정도로 에로틱하게, 때로는 능청스럽고 유머러스하게 착색해 놓는가 하면, 외부로 향했던 눈길이 내면으로 되돌아오면서 거기에 자신의 삶을 투영하기도 한다.
　일련의 장미 시편들에서 볼 수 있듯, 빨간색의 '장미'와 오월 달밤의 보름에 가까워져 흘러내리는 '달빛'에 천착하면서 다분히 관능적인 분위기를 연출하고, 원초적인 생명력을 거침없는 어조로 돋워 낸다. '계절의 여왕'으로 불리기도 하는 오월은 꽃들이 만발할 뿐 아니라 생명력이 한껏 고조되는 계절이며, 이런 계절에 달빛이 환하게 내리는 달밤은 에로틱해지게 마련일는지 모르지만, 시인은 유독 그런 분위기를 타고 있는 것으로 읽힌다.

> 열사흘 달밤, 입술 새빨갛게 바르고
> 오월 담장 넘어가는 저 처녀들을 어쩌나!
>
> 들키면 머리카락 싹둑 잘린 채·
> 집안에 갇혀 버리고 말 텐데
>
> 계남동 그 언니, 문고리 잡고
> 가시 일으키며 울다가 벼락을 맞았다는데
>
> 저 피어나는 장미꽃 새빨간 송이들 따라
> 봄날은 속절없이 가고 있는데
>
> ─「줄장미」전문

　보름에 가까워진 오월 달밤에 담장 가득 피어 있는 줄장미를 바라보는 시인의 마음도 장밋빛이다. 이 때문에 장미가 입술에 립스틱 새빨갛게 바르고 담장을 넘어가는 처녀로 보이며, 부모의 단속이 심할 텐데도 담장을 넘으려고 시도하다 단발을 당할까 우려하는 마음을 드러낸다는 건 바로 처녀 시절의 화자와 같은 처지의 타인 떠올리기와 겹쳐진 묘사가 아닐 수 없다. 더 비약하자면, 시인은 여전히 그런 달밤에 월담하고 싶어지는 마음이 살아 움직인다는 방증에 다름 아니며, 그래서 머리카락이 잘린 채 방안에 감금된 '그 언니'가 "가시 일으키며 울다가 벼락을 맞"았다는 극단적인 비극이 되새겨지고, 그런 뜨거운 마음도 속절없이 가고 있는 봄날을 아쉬워할 수밖에 없게 되는지도 모른다.

그런가 하면 장미가 지는 모습이 "바람이 장미꽃 빨간 피를 빨아 마시는지/ 핏방울 뚝 뚝 흘리고 있"(「오월, 핏방울」)는 것으로 보이고, "핏빛은 핏빛끼리! 끼리끼리!// 장미들이 목 길게 빼고 구호를 외"(「찔레」)치는 것으로 그려지는 심경도 어렵지 않게 이해되는 대목이다. 더욱이 장미꽃잎들이 시들며 다급해진 발소리를 내고, 장미 가시는 더 억세게 발톱을 세우는 정황이 이르러 "무작정 쫓기며 시의 바짓가랑이에,/ 처용무 그림 옷깃에 밤새 매달"(「외간에 중독되다」)리는 시인의 심경은 '외간에 중독' 될 법도 하다. 시인은 마침내 「화간」에서는 억제되거나 잠재돼 있던 본색을 여지없이 드러낸다.

낮엔 새침하더니 요상하다
달빛 끌어당기는 꽃잎의 눈빛,
오월 담장에 기대서서 바깥을 살피는
흔하디 흔한 장미꽃인데
어느 품이라도 마구 파고드는 색골
달의 끝없는 곁눈질에 그만 빨려드는지

따지고 보면 네 것 내 것

그 경계선이 어디 있으랴

달빛과 꽃의 은밀한 통정, 그 내연의

부적절한 관계를 엿본다

달빛은 도톰한 꽃입술을 만져 본다

몇 겹의 꽃잎 헤집으며

자신을 밀어넣는다

꽃은 더 진한 향을 내뿜으며

붉어진 눈빛으로 온몸을 부르르 떤다

밤의 내통을 은근히 즐기는 변태의 관음증

달빛도 꽃도 나무도 다 나의 외간들이니

어쩌랴, 거부할 수 없는 이 색정,

강간이 아닌 원죄를 위한 자연이니

색정은 내 시의 길이자 천형인 것을

—「화간」전문

풀이가 무색할 정도로 강렬한 호소력으로 감각을 파고
드는 에로티시즘 시다. '장미꽃'은 섹시한 '여성', '달'은
곁눈질 잘하는 '남성'으로 의인화한 듯한 이 시는 줄장미
를 새침하면서도 바깥을 살피는(외간을 넘보는) 색골로, 달
빛을 달의 곁눈질로 그리면서, '색골'과 '바람둥이'의 화간
을 그려 보인다. 더구나 이 화간은 경계(윤리 도덕)를 넘어

122

선 은밀한 통정이며, 부적절한 내연일 뿐 아니라 더할 나
위 없이 격정적이어서 모든 경계를 허문 원초적 생명력의
극치 묘사에 다름 아닌 듯하다.

하지만 이 시에서 각별히 간과해서 안 될 대목은 마지
막 연에 있다. 화자가 이 화간에 끼어들면서 스스로 "밤의
내통을 은근히 즐기는 변태의 관음증"은 자신의 몫이며,
그 '원죄'인 자신의 '색정'은 "내 시의 길이자 천형"이라고
고백하고 있기 때문이다. 정신분석학적으로는 어떻게 풀
이할지 모르지만, 시인은 어쩌면 이런 천형을 끌어안고
살아가는 사람일는지 모른다. 아니, 그런 천형 때문에 감
각의 촉수를 언제나 첨예하게 곤두세우며 아름다운 감성
의 결과 무늬들을 빚어 내게 된다고도 할 수 있을 것이다.

시인의 '외간 사랑하기'(시 쓰기)는 시 「간통」의 "눈앞에
있는 사랑초 꽃송이 품에 들어/ 내연의 관계 뜨겁게 애걸
해야지"라든가 "내 시가 풋풋해질 수 있도록/ 통, 통, 서로
의 비밀스러운 정을/ 글로써 간통簡通해야 하리"라는 '간
통姦通의 간통簡通 변용하기'의 대목 등에도 암시돼 있다.

5

신라시대의 향가인 「헌화가」, 미당 서정주의 시 「화사
花蛇」, 「해가海歌」 등의 구절을 상당 부분 차용하면서 특유
의 관능적인 감각과 유머러스한 감성으로 새롭게 재구성
한 메타시 「신新 수로부인뎐」, 고려 가요를 일부 인용하

면서 자신의 요즘 심경을 부분적으로 떠올린 「한밤중 손님맞이」, 이성복의 시 「남해금산」을 육감적으로 재구성한 메타 시 「신新 남해금산」 등도 시인 특유의 어법을 동원한 에로티시즘 시라 할 수 있다.

　이들 시와 함께 제3부에 실린 작품에는 대부분 「신 처용가」 등의 초기 시에서와 같이 우리의 전통적인 여성으로서의 한이나 정한을 전면으로 내세우는 풍자와 해학, 투박하고 구수한 경상도 사투리 구사, 걸쭉한 입담 등으로 시 읽기의 색다른 즐거움을 맛보게 한다. 그러나 자유 분방한 것 같은 외양 속에는 그 반대의 정서가 자리잡고 있는 점도 간과해서는 안 된다. 거침없고 활달한 해학과 풍자 이면에는 여성으로서의 삶에 대한 짙은 페이소스와 다시 제자리로 돌아가는 전통 여성상이 각인돼 있기 때문이다.

　카바레에서 '지르박'을 추면서 "제비 선상님 눈길 피해／ 맘춤이나, 에라 모르겠다 헉, 헉／ 궁디이 막춤으로 또 숫자에서 벗어났다／ 남정네들이 여자들 지멋대로 통 속에 가두는 법／ 언제 맹글었노／ 시집살이는 춤을 잘 춰야 한다미／ 뺑뺑이 돌리미 인내들 혼을 쏙 빼놓고／ 맨날 그카다가 귀한 한 평생이／ 니 맛 내 맛도 없이 삼류 물거품으로 사라지고"(「'육'에 갇히다」)라는 자기(전통적인 주부) 현실에 대한 갑갑함과 일탈에의 충동을 거침없이 쏟아 낸다. 또한 「봄바람과 깔깔춤」에서와 같이 "뻐덩뻐덩한 나무토막 내 몸을／ 카바레 물찬제비는 모란 꽃봉오리 쓰다듬는／ 봄바람처럼 손가락 눈짓으로/ 제 숨결 가까이 당겼다가 놓"는 가운데 "뽕짝 리듬 사타구니 사이로 숨"기기도 한다. 하지만 지르박을 추며 '공회전'을 하다가도 아흔여덟 노모의 "한 생이 간다고 아까워 마라"는 말을 곱씹게 되는 바와 같이 다시 제자리로 되돌아오게 마련이다.

제4부의 연작 시 '방천 연가'는 청소년 시절의 앨범과도 같은 추억 반추에 주어지면서 시인 특유의 질펀한 언어로 다양한 기억의 그림들을 펼쳐 보인다. 시인이 그리고 있듯이 지금 '김광석 거리'로 각광을 받고 있는 방천 부근은 "여전히 낡고 좁은 장터 골목길"이지만, 그 골목길과 인근의 삼덕동, 대봉동 시절은 시인에게 소중한 추억과 그리움의 공간으로 부각돼 있다.

그곳은 「처용 아내 치맛자락이―방천 연가1」에 그려져 있듯이, "단발머리 중학생, 머리카락 쫑쫑 땋은 여고생, 긴 머리 출렁이던 대학 시절 첫 가든 파티, 라일락 향기 시절에서, 넓고도 낡은 적산가옥에서, 시집살이 십오 년"이 고스란히 살아나게 하는 공간이다. 게다가 "잘 다듬어진 맏며느리의 탑 하나 세워 보겠다던 그 오기, 몸빼바지나 월남치마 길게 끌며 장바구니에 끌려가는 청춘, 존심 세워 처용가 부르며 칠칠맞은 손 흔들어 대고 있"는 곳이기도 하다.

이 때문에 시인은 자취생 소녀 시절, 인심 후하던 방천 시장 노점의 "잇몸 웃음으로 콩나물 한 줌 더 얹어 주시던/ 그 합죽 할머니"(「콩나물 시루―방천 연가2」)가 보고 싶어지고, 삼덕동 적산가옥 시절 "아파트에 사는 젊은 동서가 온 날/ 몸빼 입고 시장에 고추 빻으러 갔다가/ 맞은편 소고기국밥 한 그릇 후루룩 삼"(「고추기름, 눈뜨다―방천 연가3」)키고 돌아와 시어머니에게 듣던 꾸중까지 생생하게 떠올린다.

그런가 하면, '탈모통'에서 털이 뽑히는 닭의 모습이 "시집살이 입방아에 시달리는 한 여자(자신)와/ 닮았다고 생각하"(「탈모통―방천 연가4」)던 기억, "여름날 천둥 비바람 가려주던 우리들의 젊은 시절"(「푸른 다리 아래―방천 연가5」)의 그 아련한 밀어들, "첫사랑이자/ 마지막 그리움을 함께 앓고 있는"(「신천 수달에게―방천 연가6」) 자신과 '수달'에 대한 절절한 연모의 정, 자신을 김광석과 겹쳐 떠올린 「김광석―방천 연가8」에서의 "등짝 내리치며 시인의 길로 재촉해 준/ 시어머니와 그 가족들"도 어찌 오랜 세월이 흘러도 안 떠오를 수 있겠는가,

또한 "밥 한 끼 먹기 어려웠던 시절, 셋째 넷째 딸까지 대학공부 시킨 아버지 어머니"(「바보 다듬이질―방천 연가9」) 생각, "사대 봉제사 장볼 때마다 충실한 짐꾼이지만 책임감만 수놓은 앞치마 두른 살갑지 못한 며느리 때문에 어머님이 도리어 어른에게 따돌리는 기분"(「시할머니 보살―방천 연가10」)이었을는지 모른다고 되짚어 보는 생각도 하면서 그 힘들었으면서도 그리운 시절을 향해 "봄날도, 여름도,

가을까지 다 그냥 보내 버리고/ 찬 서리 겨울 늦바람에 몸 부림치는/ 여자의 몸과 골진 마음을/ 다시 화사한 봄날로 수선해 줄 수는 없나요?"(『수선하다—방천 연가11』)라는 심경에 다다르는 건 그런 비애 너머의 풋풋한 삶을 여전히 지향하기 때문이기도 할 것이다.

6

마지막 제6부에서 시인은 시들음이나 져버림 등에 안타까운 마음을 처연하게 끼얹으면서 몸과 마음을 겸허하게 낮추곤 한다. 하지만 대상(사물)을 한층 더 너그럽게 포용하면서 다른 한편으로는 자신이 시인으로 새롭게 거듭나기를 열망해마지 않고 있다.

"봄날도, 여름도, 가을까지 다 그냥 보내 버"(『수선하다—방천 연가11』)려서일까. 시인은 "밤새 쓴 단편 소설 한 부분을 꼭 쥔 채/ 빈 배를 기다리는 여자"(『닻줄은 왜 흔들리는가』)가 되어 따스한 바람이 "언제쯤/ 살을 에는 바람으로 돌변할는지"(같은 시) 두려워하는가 하면, 고향의 자인장에서 '돔베기'를 보면서는 "누가 나를/ 자인장 상어 눈알로 만들었느냐"(『자인장에서 상어 만나다』)고 처연한 마음으로 자신의 지금 처지도 내비친다.

이젠 어쩔 수 없이 나이가 들어버린 시인은 현실 너머의 고향 생각에 젖어 「계정 숲」에서는 꿈 많던 어린 시절의 '콩닥거리던 가슴'이나 '아버지의 젊은 맥박'을 떠올리기도

하고, 「지난 겨울」에서는 궂은비 오는 캄캄한 밤에 "차이코프스키의 〈비창〉을 좋아한다고/ 커피 한 잔으로 겉멋을 부"리던 철부지 시절을 반추하는 등 타임머신을 타듯 추억 여행도 감행한다.

그러나 다시 현실로 되돌아와서는 남편과 자기 방 사이에 온갖 꽃을 피운 잡초들을 보면서 "경계선 제멋대로 지우고 날아다니는 콩새들의 자유로운 하늘, 멀거니 바라보"(「비무장지대」)는 목마름에 빠질 때도 있으나, 「꽃구경」에서처럼 봄맞이를 하러 멀리 여행을 떠났다 귀가해서는 손녀가 와락 안기며 "예쁜 할머니!'라고 하는 재롱에 할머니의 자리를 기꺼워하는 일상인으로 회귀하면서 긍정의 시각을 되찾게 된다.

이 같은 마음자리는 백수를 넘기고 세상을 떠난 어머니를 향해서도 마찬가지로 열린다. "한 세기 봉화 불 켜들고 남편과 자식들, 아래위 이웃에 꺼진 불붙이려 동분서주하던 번개탄, 이봉화 여사"(「번개탄, 이봉화댁」)라고 추키면서도 "죄인처럼 세상 바람과 오남매 밑밥으로 씹히다가/ 백년 동안의 고독에서 이제야 풀려나신"(「씹히다」) 것으로 고난과 희생의 한 생애를 연민으로 끌어안는 방향 전환을 하고 있다.

    딸들아, 삶은 아무것도 아니더라
    너거들 덕분에 재미있게 잘 살다가 간다

엄마도, 여자도 흙덩이 속에 묻어 두고
떠날란다, 날 애타게 부르지도 말아라

하얀 국화꽃 이파리 뿌리오니
엄마, 이 꽃 이파리로 날개 엮어 날아오르세요
일제 강점기, 한국전쟁, 그 참혹한 일도 다 엮어
봉화 꽃밭 잘 가꾸셨잖아요
그 아픔들 오목천에서 금호강으로
잘 흘려 보내셨지요

하늘 문 열리며
벚꽃잎들 화르르 날아오르는 날
이십칠 년 동안 기다린 남편, 우화 씨 만나 손잡고
색동 옷자락 휘날리며 처용무 맘껏 추세요!
어얼쑤! 덩, 덩, 덩기덕

　　　　　　　　　　　　　　　　－「하관」 부분

　풀이가 되레 군더더기나 사족이 될 정도로 쉬운 구문으
로 쓰인 이 시는 타계한 어머니와 딸의 '서로의 귀에는 들
리지도 않는 대화'이자 '이심전심의 무언'으로 구성된 '시
인의 마음의 그림'들을 펴 보여 따스하고 푸근한 인정과 질
박한 휴머니티가 가깝게 집힌다.
　도편수가 자기 돈을 훔쳐 달아난 주모를 나부로 조각해

절의 추녀 밑에 올려놓았다는 전등사의 나부상을 주제로 쓴 연작시 「전등사」는 이 애달픈 이야기 얽힌 사연에서 발화된 시인의 느낌들을 다각적으로 떠올린다. 나부상의 눈빛, 도편수와 주모의 '비린 인연', 그 인연과 부처님의 미소, 나부상이 된 주모가 한 마리 저승새로 날아오르려 한다는 화사등선花蛇登仙, 인연의 줄 때문에 전등사 처마 밑을 떠나지 못하는 도편수의 비가 등이 시인의 개성적인 어법 속에 부각돼 있다.

이 시집의 끝머리에 담은 시 「풋울음 잡다」에서는 타계한 어머니의 '말 없는 말'에 귀를 열면서 시인으로 거듭나기 위해 겸허한 마음으로 새 길을 찾아 나서려는 메시지를 새겨 놓고 있다. 놋쇠가 풋울음 잡히려면 불 속에 수없이 담금질되고 수천 번 두드려 맞아야만 꽹과리나 북소리를 감싸 안고 재 넘어 홀로 핀 가시연의 그리움도 달래 줄 수 있는 징이 된다는 메시지는 시인이 바로 그런 과정을 앞으로도 거듭하며 좋은 시를 쓰고 싶다는 열망의 암시에 다름 아닐 것이다.

시인은 1991년 《시와시학》으로 등단한 뒤 『신처용가』, 『위기의 꽃』, 『불의 눈빛』, 『영상 시집』, 『바람 다비제』, 『유배 시편』 등 여섯 권의 시집을 내면서 끊임없이 개성적인 시적 성취의 길을 걸어왔으며, 이번 시집으로 더욱 뚜렷한 진전을 보이고 있다. '시의 참다운 징수'로 거듭나기를 염원하는 시 「풋울음 잡다」의 마지막 두 연을 인용하면서, 부단히

'풋울음'을 잡으려는 정숙 시인의 시가 앞으로 더욱 높이, 깊이 빛나기를 기대해마지 않는다.

그런 재울음은 삶의 고비 몇 고비 넘기면서 한을 삭히고 달래어 흐르는 물살처럼 부드러운 징채로 두드려야, 목으로 내지르는 쇳소리 아닌 이승과 저승의 경계 허무는 울림 징하게 터져 나오느니

비로소 햇살이 그 소리 비집고 들어 네 둥근 항아리 속 그늘진 도화 꽃 몽우리를 햇살로 피워 올릴 수 있는, 시의 참다운 징수로 다시 태어날 수 있으리

—「풋울음 잡다」 부분

정숙 시인

경북 경산 출생.

경북대학교 인문대학 국어국문과 졸업.

1991년 《시와시학》으로 등단.

시집 『신처용가』, 『위기의 꽃』, 『불의 눈빛』, 『영상 시집』,

『바람 다비제』, 『유배시편』 등이 있다.

만해님시인상 수상.

경주 월성중학교 국어 교사, 현대불교문인협회 대구경북지회장,

대구시인협회 부회장, 대구작가회의 부회장, 시와시학동인회 부회장 지냄.

e-mail : jungsook48@hanmail.net

청매화 그림자에 밟히다
정숙 시집

초판 1쇄 발행일   2015년 8월 10일
지은이 · 정 숙
펴낸이 · 김종해
펴낸곳 · 문학세계사

주소 · 서울시 마포구 신수로 59-1(121-856)
대표전화 · 02-702-1800   팩시밀리 · 02-702-0084
이메일 · mail@msp21.co.kr
홈페이지 · www.msp21.co.kr
페이스북 · www.facebook.com/munsebooks
출판등록 · 제21-108호(1979.5.16)

값 8,000원
ISBN 978-89-7075-636-3   03810
ⓒ 정숙, 2015